박 철

험준한 사랑

험준한 사랑

박 철 시 집

창비

차 례

제1부

빗줄기

　나에게 삶을 지탱해주는 한가닥 끈이 있다면
　그것은 다름 아닌 바로 나였다
　그리고 그 곁에는 단지 수직이라는 이유 하나로 평생
지고 나가야 할 빗소리가 있었다
　나에게 새로운 삶의 희망이 있다면
　그것은 바로 지붕 위로 흘러내리는 물줄기였다
　그러니까 둘은 한몸인 셈이다
　세계화와 때를 맞추어 사람들은 너도나도 무리를 지어
김포를 빠져나갔고
　또 많은 수의 이방인이 이 땅에 몰려들어왔다
　그야말로 고향과 타향이, 조국과 타국이 따로 없는 국
제화의 시대였다
　골목엔 주정뱅이들 낯설지 않게 슈퍼를 점거하고 있었
으며 북쪽은 물론
　동남아시아 심지어 멀리 아프리카에서 날아온 노동자
도 한둘이 아니었다
　그리고 그들의 곁을 빗줄기와 나는 함께 걸어갔다

알고 보면 우리 모두 불쌍한 존재들이다
고향을 떠나지 못하는 슬픔과
멀리 타국으로 날아와
따귀를 맞으며 일을 하는 파키스탄의 노동자와
지지리도 못난 연변 아줌마라니
장마가 오고 빗줄기가 수직으로 내리꽂히면
객지 사람도 본토박이도 모두 창가에 서서
빗줄기를 바라본다
그리고 보면 우리 모두의 삶을 지탱해주는
한가닥 끈이 있다면 그건
하염없이 내리는 저 여름 한철의
빗줄기였다

평교

밋밋한 김포 벌판 한가운데 놓인 다리라 하여
원래 이름은 평교(平橋)였다네
거기에 다리가 붙어 평교다리라고 불리다
그게 세월이 흐르면서 팽계다리가 되고
내가 자랄 때는 핑계다리가 되어 있었다네
세상의 모든 아이는 거기서 다 주워왔다는 핑계다리
강화 가는 길목에 목이 꽉 차게 차가 들어차면 사람들은
모두 좁은 핑계다리 탓이라고 입을 모았다네
그런 사람들의 투정을 아는지 모르는지 다리는
아무런 핑계 없이 세월을 버티다가
인천공항이 들어서면서 묻히고 말았다네
장릉 공원묘지로 성묘나 벌초하러 가기 싫은 게으른
자식들이
길 막혀 올해는 못 간다고
이 핑계 저 핑계로
둘러대던 핑계다리 팽계다리 평교
밋밋한 고속도로를 질주하며 옛 자리를

둘러보며 사는 게 다 그런 거라고
누군가는 뜻 모를 그런 핑계를 댈 것 같은 저녁
평교는 어디 또다른 세상에서
이쪽과 저쪽의 삶을 이어주고 있을까

험준한 사랑

어제
문경 새재를 넘으며
맺지 못한 생각이 저녁 내내
나를 괴롭힌다
험준했던, 내 험준한 사랑
나무들 파헤쳐져 터널이 뚫리고
나도 어둠을 기어나와 한 생애를 사랑으로 보냈구나
사랑은 낄낄거려도 아픔이다

마곡동 허름한 밥집에서
키 작은 필리피노와 앞뒤로 앉아
텔레비전을 바라보면서 밥을 먹다가
지난밤 문경 새재를 넘으며
다시 찾은 험준한 사랑에 목이 멘다

인도에 가서 극장 검표원이라도 하며 살아야겠다던
소설 「광장」의 이명준 같은 푸른 작업복의 작은 필리

피노는
   강서구 마곡동 새시집에서 쇠톱질을 한다
   이를테면 지금도 그는 험준한 사랑을 하고 있는 것이다

   보름달을 보듯 텔레비전을 올려다보면서
   앞서거니 뒤서거니 우리는 무얼 삼킨다
   그게 지난밤 문경 새재를 넘어온 한 청맹과니건
   코리안 드림을 안고 날아온 눈 둥그런 필리피노건
   아직 험준한 골짜기에서 발을 묻고서

꿈에 본 내 낙도

낙도(落島)에 갔다
방게들 눈 깜짝깜짝 나타났다 사라지는
세상의 한 모퉁이
침엽수 돛을 세운 섬
먼지뿐이더라

부황 든 몇몇이 겨울 조개를 줍고
나는 꿈속을 헤매이었다

꿈 밖인 듯

걸어서 낙도에 갔다
갈매기 초라히 날며
나의 이마에 실례를 하였다
손바닥 뒤집은 생의 저편
낙도에 다녀왔다
괭이갈매기며 방게며 늘푸른 소나무가

꿈속에 되뇌이었다

너 대신 울어주마고

아직까지 몰랐느냐고

몸살

베란다 너머 가을 들판의
벼 베는 꼴을 보다가
초등학교 1학년 딸아이에게
인생이란 무엇이냐 물으니
그냥 대충대충 살아요 한다
그래 그 말이 맞겠다 싶다가도
남들은 저렇게 가지런히 벼를 베는데
대충대충 살아도 되는가 싶어
다시 한번 물으니 아이는
답답하다는 듯 내 얼굴을 올려다보고는
돌아앉아 정성스럽게 크레파스를 칠한다

사흘 더 병치레를 하고
들판으로 나섰다
광화문 사무실로 전화를 하니 아내가
전화기에서 바람소리가 들린다 한다
수첩을 펴고 논둑에 서서

이리저리 전화를 걸었다

호주 미국까지 호들갑을 떨며
김포 벌판의 바람소리를 들려주었다
떠나가던 독감이 되돌아와
밤새 다시 신열을 앓았다
바람소린 무슨 바람소리가 들려요
핸드폰 긁는 소리지
아내가 혀를 찬다
돌아누워 식은땀을 흘리면서
이 몸살 떠나가지 않기를 빌었다

오늘밤 어느 벌판엔 또
사람 그리운 찬바람이 꽃술처럼 스밀까
논길 위에 쿨럭이며 더듬거리는 손으로
늦은 가을의
전설이나 전하며

샛길

내가 큰길 놓아두고
샛길 접어듦은 석양에 물든 그대 때문이라
어둠이 오기 전 나는 마지막 태양의 흙냄새
작은 열기라도 잊지 않기 위함이라
내가 멀리 길 떠날 막차를 보내고
어둠을 틈타 한적한 곳 돌아서
샛길, 샛길, 하며 목마르게 걷고 또 걷는 것은
길의 어느 한군데쯤
그대 등 돌려 나를 맞이할까, 두려움이라

젊다지만 나는 이미 천상의 인간
그대 거기까지 나를 따라올까
내가 곧은 길 놓아주고
샛길 험한 길 들어섬은 생의 슬픔 때문이라
슬픔만이 우리를 한결로 엮어
어느 무리 멀리 떠난 뒤에도
샛길, 샛길, 하며 한몸으로
걸어갈 수 있음이라

그

내 안의 그는 누구냐

책상 옆 벽에는
"어느덧 나도 그의 나이가 되었다"라고
적힌 아주 작은 주홍빛 쪽지가
몇년째 붙어 있다
아마 언젠가 스쳐가는 단상의 꼬리를 놓치기 아쉬워
그렇게 적어놓았을 것이다
그런데 알 수 없는 일은 그 쪽지 속의 그가
누구인지 영 기억이 나질 않는 것이다
일만 죽도록 하다가 외양간 벽에 기대앉은
노쇠한 수소 같은 저 아버지였던가
어린 날 가슴팍을 헤집던 소설 속의
주인공이었던가 평소 존경하던 선배였던가
아니면 오늘도 말없이 서 있는
담장 밖 오동나무였던가 뒷산의
울음소리였던가

지난 1월 1일 새벽 나는 어둠을 뚫고
하얗게 눈 내린 들길로 나갔다
밤 사이 흠뻑 내린 눈길에 첫 발자국을 남기며
기적(汽笛) 같은 입김을 날리며 떠나간 나와 잃어버린
세월과
돌아오지 않는 새를 찾아 나서고 싶었다
그러나 멀리 어둠이 걷히면서
나는 아직 속 깊은 동면의 한기에 몸을 떨었다

이른 미명 속에 누군가
먼저 발자국을 남기며
들길을 건너간 것이다

연휴를 빼앗긴 어느 공장의 노동자였을까
서울 거리를 쓸어내기 위해 나선 청소부였을까
세상물정 잊은 정신 나간 광부(狂夫)였을까

그때 날이 새고 저 멀리 하늘이 뻥 뚫리며 해가!
해가 솟아오르고 있었다
그리고 그 해를 타고 누군가 날아와 내 비좁은 가슴속에
똬리를 틀며 털썩 주저앉는 것이었다

대체 그는 또 누구란 말인가

빈 병과 크레인과 할아버지와

오늘도 너와 나 그리운 마을에 섰다
한때 싱그러운 생기로 가득 찼을
빈 병이 이마를 맞대고 담 밑에 옹기종기
일가를 이루고 있다

가랑비도, 숨어들어온 빈 병 속의 투명한 햇살도
맑고 곱다
목장갑을 낀 할아버지가 보랏빛 바람을 끌고 다가와
빈 병을 들어 가슴에 안고 간다
빈 병 모으는 할아버지는
이렇게 오후의 젖은 햇살을 끌어다가
오늘밤 하루 따뜻하게 주무시겠다

강서구 방화동 골목길을 따라
9호선 전철 공사가 한창이다
힘 좋은 크레인이 마을을 들어올리고 있다
나 크레인 몰고 달리고 싶다

홍안의 손놀림을 따라 세상의 한 모퉁이가
자리를 바꾸어 앉으리라
나 크레인 몰고 너에게 가서
아침 햇살이 오후의 빗줄기를 피해
담장 밑 빈 병 속에 숨어 있다 말하리라

빈 병처럼 터널처럼 또 가슴을 비워내면서
사람들이 숨가쁘게 흙을 나른다
이리저리 H빔이 날아다니는 하늘가
오늘 하루 검게 그을은 무쇠의 손길로
달려가 너의 닫힌 가슴 두드리리라
땅속 깊이 박힌 몸 뽑아 멀리 달아나리라
나를 버티는 축은 빈 병과
할아버지와 오후의 젖은 햇살과 얼굴 흐린 그대

여기는 모터 소리 요란한 마을이다

책방에서

밖은 추운 날이었다

말발굽처럼 굽어진 책방 안에서 한 아이가 책장을 넘기고 있었다

여주인은 엎드려 뭔 일을 하는지 둥그렇게 등짝만 보였다

아이가 얇은 재킷 안으로 책을 슬쩍 디밀다가

사내와 눈이 마주쳤다

아이는 책을 내려놓고 서둘러 책방을 빠져나갔다

그의 얇은 옷 탓이었다 사내는 아이를 따라 문 밖을 나섰다

하얗게 얼굴색이 변한 아이는 윗동네에 산다고 몸을 떨며 말했다

산동네는 더욱 바람이 세찰 것이다

바람 탓이었을 것이다

사내는 앞으로 네가 보고 싶은 책을 사주겠노라고

무책임하게 덜컥 약속을 했다

사내는 집으로 돌아와 궁리 끝에 S전자 회장 앞으로 편지를 썼다

보름 후 담당 여직원으로부터 답장이 왔다

회사로선 배려할 수 없는 일이지만

여직원 자신이 개인적으로 책값을 보내주겠다는 내용이었다

넉넉지 않은 여직원은 결혼을 약속한 애인에게 의논을 하였다

역시 가난한 애인은 고민 끝에 책방을 하는 첫사랑에게 사연을 풀어놓았다

멀리 사는, 15년 만에 만난 첫사랑은 밝게 웃으며 고개를 끄덕였다

그렇게 해서 책들은 매달 몇사람의 손을 거쳐

아이에게 전해졌다

모든 사랑이 손을 잡고 한마음이 되어 피어올랐다

그러나 그 아이와 책방 여주인이

몇집 건너 산다는 사실은 전혀 모르고들 있었다

아이가 훗날 시인이 될 거라는 사실도 전혀 모르고들 있었다

김포

안개

안개가 밀리면 까치들은 미친다

마을 밖을 돌며 서로의 안부를 묻는지
안개가 그들을 흥분시키는지 산 아래 온통 까치 울음
소리

나는 안개 그득한 들판 너머를 바라보며 궁금하여 미
칠 것 같다

왜 안개마을에 비행장을 지었을까
떠나는 사람 떠나지 못하게 하고 그리운 사람 만나지
못하게 하기 위하여
그리 하였을까
안개 내리는 날은 이별을 즐겨야 한다
떠나고 싶은 자 떠나지 못하고 그리워 기다리는 자 만

나지 못하게 하는 안개가 마을을 덮고

   그리하여 안개는 그리움 더욱 짙게 하고 이별을 더욱
서럽게 만들고

   한강에 물소리 속살거려 안개를 밀어올리면 까치는 날
뛰고

   나는 잠시 안개를 바라보다 차마 더이상 기다릴 수 없
어 등을 돌려

   까치의 우짖는 소리에

   머리를 감싸안는다

들길과 관절염

언젠가
관절염에 걸리고
관절염이 깊어지면 걷기도 힘들 것이라 믿어
시시때때로
들길을 걸었다

이제
관절염에 걸리고 무릎이 아프다
다시 시시때때로
관절염 치료를 위해 나는 들길을 걷는다

그러니
나는 평생 관절염과 함께 지내온 셈이다
들길을 걸어온 셈이다

제2부

산국

수돗물을 마시고 꽃을 피우는구나
베란다로 옮겨온 산국(山菊)
오늘 아침 지나친 유리가게의 유리창엔 먼지가
가득 끼어 있었다 태초의 숨결로
이끼 위를 걷듯 나는 집으로 왔다
집으로 돌아오는 새벽길은 몽롱했다
쉼 없이 달아나는 강물은 언제나 낯설지 않았다
우리들의 이상한 출생처럼
내가 왜, 언제 거기까지 갔는지 나도 모른다
이제 그만 돌아가거라 강물이 자꾸
고갯짓을 할 때 나는 얼굴을 비볐다

우리는 모두 불행한 시대에 태어났으니
애초 불행이란 없는 것이다
누군 가난도 덕이라며 풍물을 치고
풀벌레 소리 하나 없는 전인미답의 어둠
누군 외로움도 약이 된다 솟대를 세우고

가끔은 깊은 병도 지혜가 된다 수묵화를 그리지만
그건 그냥 해보는
우스갯소리
몽유인 듯 새벽 강에 나가 잠시 물결 위를 거닐다
돌아오면 산에서 내려온 꽃이 보인다
향기 터지는 푸른 바람

아,
나 맹모(孟母)처럼 마음을 옮기며
당신들과 함께 살고 싶다

지금도 누군가 사라진다

옛날 같으면 벌써 농짝 하나로 뒹굴
담장 밖 오동나무 뿌리 깊으나
나는 그의 짙푸른 잎과 굵은 팔뚝을 믿을 수가 없다

내 경험으로
혁명을 본 사람은 누구든 회색분자다
혁명 뒤에 밀려오는 고요, 지리멸렬
방관 속의 죽음
행주나루에 팔팔도로가 생기고
세월을 따라 강폭은 여전히 넓어가지만
치운 바람 속에도 숨죽이는 한강물의 깊이를
나는 믿을 수가 없다

속속들이 들어찬 깊은 물의 욕망도
돌아온 황복으로나 몇점 건져올릴까
등 돌리고 지나치는 뭉게구름
그들의 외면이 낯설지 않으니

나 또한 언제,
그렇게 죽어가리라

이별

꽃 피는 하늘입니다

한 사람을 만나
사랑을 하다가
헤어질 때는
꼭
꽃 피는 계절입니다

아름다운 세상
울타리를 밝히는 화사함이라

그러나 꽃이야 늘상 피기 마련
돌이켜보면 나는 언제나

누군가와
이별을 하면서
살았습니다

엄나무

해수 앓는 할아버지가
당신 손으로 엄나무 뿌리 캐다가
엄나무 뿌리 벗겨 푹푹 삶아 먹으면
엄나무 근피(根皮) 끓는 냄새에 고개를 돌리고

기침 소리에 사람들은 귀를 막고

엄나무 근피 국물 한그릇 들이켠
할아버지의 기침 잦아들면
세상엔 엄나무 가시 사라지고
천지는 낯선 평화가 잠시
요동쳤다

터

비닐끈이 봄바람에 반짝반짝 빛을 내며 흔들리고 말뚝
은 약간 힘이 드는 모양이다

사각의 집터가 넓게 봄햇살에 즐겁다
땅 주인이 하루에 열두 번도 더 왔다 간다는 산 아래 새
집터
봄바람이 마음대로 오가고 햇살이 똥을 누고 가는 것
을 모른 채 주인이 마냥 즐겁다
새들도 노래를 뿌리고 손톱만한 풀잎들이 여름을 그리
며 목을 내민다

아직 새 주인이 들어서지 않았다
그러니 누구든 와서 쉬었다 가라는 듯
입을 벌리고 있는 집터
지나는 나그네도 배가 부르고 즐겁다

신행(新行)

국제공항이 김포에서 영종도로 옮겨가는 날
뒷산에 올라
한줄기의 트럭 행렬을 바라보았다
이사 행렬은 보아 구렁이처럼 길게 울퉁불퉁
꼬리를 물고 있었다
비행장이 서해 섬으로 이사 가는 날
비가 내리고
어린 날 내가 만들었던 도토리나무 상처에 손을 디민 채
써치라이트 하나둘 꺼지는 소리를 들었다
눈앞이 가물거려도
트럭의 행렬은 유한하다

사람들은 모르거나
믿지 않는다
내가 왜 마지막 비행기가 날아가는 늦은 밤에
도토리나무 잎새로
파르르
떨고 있었는가를

벽오동

훗날 누가 나를 일컬어 말한다면
그는 단지 그냥 거기 있었다, 라는 말을 듣고 싶다
머리 짙푸른 잎새로 담장 밖에 서서
거기 있을 뿐이었다, 라는 말을 듣고 싶다
맵찬 바람과 나눈 귓속말도 시가 된다면
그는 시대를 외면한 채
다만 그렇게 시를 쓰며 서 있었노라

베어져 농짝 하나 되기 힘든 굽은 벽오동
그 옛날 딸 낳으면 혼수 삼아 심었다는 푸른 벽오동
이름도 잊혀진 세월에 그는 섰다가
뿌리를 흔들지 못한 채 다만 소리 소문 없이
어느날 베어졌다, 라는 말을 듣고 싶다

외기러기

밤하늘
홀로 뒤처져 날개 허덕이는 외기러기가
꼭 낙오자라고만 볼 수 없는 것이
거기 지쳐 흔들리는 아버지의 발걸음이 있기 때문이다

세월처럼 빠른 놈이 읎단다
흰 눈이 쌓여 바윗돌이 되더구나
바윗돌이 녹아 시냇물이 되더구나
그걸 다 보고 지내왔다

도시를 빠져나가는 시외버스 안
랩퍼의 흥얼거림을 들으며 함께 따라나서지 못하는 외
기러기 같은
지친 아버지의 모습이 꼭 아버지의 모습만으로 볼 수
없는 것이
그의 굽은 코며 처진 눈꼬리 튀어나온 입가가 여기 섰
는 나와 너무 흡사하기 때문이다

누군가 있다

큰길에서나 작은 길에서나 혼자 걷는다고 믿었다
누가 보아도 나는 혼자였으므로
나는 혼자였다

광화문 현대빌딩 뒷골목 사무실에 가면서도
　현대빌딩이 리모델링으로 세상이 뒤집히는 골목길을
들어설 때도
　혼자였다
　골목길을 빠져나와 명동 밀레오레
　시와 음악의 만남 공연에 갈 때도 혼자였다
　집으로 돌아오는 길도 혼자였다
　돌아와 누울 때도 혼자였다

그러나 불안하다
항우울제를 먹지 않으면 불안하다
분명 나는 혼자인데
한쪽 손목이 아프다

한쪽 손목에는 번쩍이는 수갑이 함께 채워져

일각을 쉬지 않고 누군가

나와 함께 있다

등나무가 서로 몸 비비며 하늘을 날듯

이번 겨울은 흰 눈이 마당을 꾹꾹 눌러 앉혔습니다
삼한사온 햇살이 찾아오면
조금 질척한 길을 밟아가며
빈 논길을 걸었습니다
올갱이껍질 송사리똥이 남아 있는 논가에 서서
되돌아보니 등나무는 서로 부둥켜안고
긴 겨울을 나고 있었습니다

가을이 채 가기 전 찾아온 지난겨울은
유난히 눈이 많이 내리고
눈 속에 사람들은 서둘러 집으로 돌아갔습니다

지하철을 타고 버스를 타고 다시 마을버스를 타고
아내는 논길이 있는 집으로 돌아옵니다
노을이 지면 논둑에 앉아 쉬는 것이
아내를 마중 나간 일이라 차마
부끄러워 말 못했습니다

세상을 바라보면 이유 없이
불끈불끈 찾아오는 울화를
겨울 땅에 꾹꾹 눌러 앉혀놓고
빈손으로 돌아와 또 이유 없이 아내에게
화를 내곤 했습니다
그런 서툰 사랑법으로
겨울은 지나가고 있었습니다

설거지

내 어머니의 고향은 황해도 연백군 석산면이다
뒷산 오리나무숲이 보기 좋았던 산골마을이었다 한다
조실부모한 어머니는 1·4 후퇴 때
등에 업고 기르던 동생을 큰올케에게 맡기고 남하하
셨다
85년 이산가족 상봉으로 온 나라가
눈물바다가 되었을 때
어머니는 애써 외면을 했다
텔레비전 앞에서 눈물 콧물을 흘리던 나는
딴전을 부리는 어머니를 보고
참 모진 사람이라고 생각했다
그런 어느날 저녁
어머니가 부엌에서 설거지를 하며
남몰래 우시는 모습을 나는 훔쳐볼 수 있었다
어머니는 내놓고 울기에도 벅찬 그리움이
가슴속 깊이 있었던 것이다
그 마음을 헤아리지 못하고 나는

어머니를 위한답시고 볼륨을 높이곤 했다
19년이 지난 지금
사흘에 한번꼴로 어머니는 반찬을 만들어 오신다
어머니는 집에 들어서기가 무섭게
부엌으로 가 설거지부터 한다
그렇게 잠시 마음을 가라앉힌 뒤
마주 앉아 서너 시간 잡담을 나눈다
좀처럼 꺼내지 않던 과거사며 누구누구에게 서운했
던 일
혹한의 시집살이도 이젠 되새길 만한가보다
이일 저일 에미를 도와야겠지만
되도록 설거지는 하지 말아라
차라리 빨래나 걸레질을 해라

어머니 말을 듣지 않고 설거지를 할 때면
마음이 시리다
수돗물 틀어 새 세상을 맞으며

못내 그리지 못한 먼 세상
뽀드득 그리움을 쓸어내면서
왜 나는
세상을 등지고 있는가

창문 너머 길 밖 오이넝쿨의 발길질이 푸르다

미학사

미학사라는 출판사가 있었다
한때 잘나가던 그 출판사가 문을 닫던 날
거기 디자이너로 있던 여자는 남편을 위해
용달차를 불러 원고지를 횡령하였다
한 시인이 평생 쓰고도 남을 양이었다
이건 사주이던 박의상 시인도 사장이던 배문성 시인도
모르는 일이다
여자는 원래 그런 여자였다
그런 여자의 등뒤에서
원고지는 퇴색되어간다

빈 하늘 보며
여자는 앉고 사내는 서 있다

새

봄이다
아카시아 꽃잎이 칼질하듯 날린다
새는 섬뜩하여 주머니에서 손을 뺐다
봐라 산처럼 주저앉은 노을의 봄을
봄은 천천히 너를 사랑하였다
마침내 오던 눈발이며 밤을 도와 내린 이슬비까지
하물며 거리의 옷깃으로 봄은 절규하였다
그렇게 사랑하였으나
삶이
봄처럼 언제까지 너를 기다릴 것이냐

빗물이다
초복날 빗물이 창틀을 잡고
문턱을 더듬으며 기웃거린다
사람 사는 게 다 거기서 거기지
인간의 삶이 궁금한 빗물과
날아가 지난 봄엔 희망의 햇살과

따뜻하게 악수도 나누었을 새

한마리 새

발자국 빗물에 씻겨간다

아내의 말은 거짓이 아니다

2박3일 흔들리다가 돌아온 날
다시 한번 그러면 나 또 짐 싸서 갈 줄 알아요
아내는 '또'자에 힘을 주었다
거기엔 이제 삼세번은 없다는 뜻이 배어 있었다
2년 전 장모와 아내와 아이들이 떠난 어느날
서대문 로터리쯤에서 민방위 훈련이 벌어지고
나는 우체국 골목에 앉아
로터리를 바라보았다

서넛이 호루라기를 불며 햇살까지 정리하고 있는 고요
속에
정말 거짓말처럼 갑자기 해마저 구름 속으로 숨고 있
었다
아내가 내게 호루라기를 불 때는 거짓말이 아니다
아내는 한다면 하는 여자다 그런데
나는 왜 햇살은커녕 붉은 줄 번지는 종이 한장 쉽게 넘
기지 못할까

달만 보면 가슴이 떨려온다

달의 마음이 궁금하면서부터 나는 거리의 주인이 되었다

달의 주위를 돌며 빈 호루라기를 불면

사람들은 모두 나를 피해 골목 뒤로 숨어버린다

세상의 아내들이 모두 내 곁을 떠난 뒤부터다

입하

아무도 모르게 입하(立夏)가 지나가고
골목길은 온통 새순이 흔들리고 있네요
저렇게 돌아올 걸 지난가을엔 왜 그리
쓸데없는 바람이 불었나
입하처럼 아무도 모르게
밤길 돌아오는 내가
신기합니다
태평양 건너 씨드니에 살 때도 막막한 저녁엔
아무도 모르게
걷고 또 걸었습니다
이스트우드에서 하버브릿지까진 서울서 수원 거리
지상에서 가장 아름답다는 하얀 항구의
철교를 건너면 영영 돌아가지 못할 것 같은 무서움도
잠시
잠이 깨면 남국의 숲이었지요

재작년 베트남을 여행하면서 얻은 세 시간의 자유시간엔

호치민 시를 빙빙 돌다가

잎 넓은 어느 그늘에 들어가 불쑥 찾아온 안도

여기서 그냥 살아버릴까

아무도 모르게 계절이 가듯

몇번인가 여권을 만지작거리다가

누가 나를 찾아나 줄까

월남국수 한그릇 더위에 말아 먹으며

나 그냥 사라져 베트콩 될까

야자나무 송송 하늘로 추켜세우며 숨죽이던 시간도

잠시 잠깐, 나는

아무도 모르게 오늘도

김포 벌을 걷고 있습니다

로자 룩셈부르크

씨드니에 살 땐 모든 게 우울했지
횟배 앓아 군침이 입 안에 돌면
나는 스트라스필드 광장의 커피숍에 앉아
사막으로 향하는 기차를 바라보곤 했다

하루 종일 몇 들지 않는 손님도 끊기고
나를 데리러 올 누군가를 기다릴 때였다
애인이 있느냐 주인이 물었다
막 동포신문사를 그만둘 무렵이어서
막막하여 홀로 앉아 있는데
주인 또한 심심한지 자꾸 말을 붙였다

그때 툭 튀어나온 말이 로자 룩셈부르크
영자나 순자라고 하면 발음 때문에 말이 길어질까봐
무심코 던진 이름 로자
결국 그날 나는
"모든 것을 의심하라"던

로자 룩셈부르크의 사랑과 상처와 좌절과
생면부지 로자 룩셈부르크의 버려진 애인이 되어
남반구의 아침 속으로 영원히
사라졌다

칡넝쿨

내가 처음 인생의 쓴맛을 보게 된 것은
입영 신체검사에서 이태 거푸 떨어지면서부터다
이듬핸가 유학 신체검사에서 떨어지고
몇년 뒤 입사 신체검사에서 떨어지고
또 몇년 뒤엔 이민 신체검사에서 떨어졌다
그 뒤로 몇번인가 더 백목련처럼 담장 옆을 서성이다가
떨어지고 미끄러지고 발목엔
칡넝쿨이 걸려 있었다

처음으로 인생은 다 그러려니 한 것은
지리산 달궁에 살던 때
영산홍 꽃물이 땅속 깊이 흩어져 저 아래
뱀사골로 졸졸 흐르며 묻혀갈 때이다

어느날 걷다 보니
꽃물은 흘러 흘러 남원으로 왔는지
고속버스를 타고 서울까지 북향을 하여

물결 속삭이는 서해 노을 속으로 번지고 있었다

그래도 내가 인생은 살 만하다고 처음 느낀 것은
팔공년인가 통행금지가 사라지던 해
늦은 밤 누군가에 쫓기다가
들어선 하월곡동 여관집
문간에 앉아 긴 밤 손님을 기다리던 여인이
손 툭툭 털고 따라 들어와
인생처럼 달디단
칡즙 한잔 내밀 때였다

너무 일찍 알아버린 바 없지 않지만
돌아보면 인생이란
쓰고 살 만하고 그러려니 하면서
얼크러져 속살까지 붙들면서 푸른 잎을 피운다
아름답구나
천공에 매달린 잎새마저 몸을 날려

어쨌거나 어우러져 종국엔
세상을 푸르르게 물들이나니

제3부

까마귀

저들은
춥지도 않나
텅 빈 들판을 쉬지 않고 날며
서로 몸 비비고 장난을 하면서
겨우내 버틴 엄동 녹이누나
지난가을 멀리 인도라도 다녀온 듯
집착과 허물을 버리고
흰 눈 위에 점점이
거친 입김을 내려놓누나

황금처럼 번쩍이는 검은빛
폭풍처럼 밀려오는 두 날개의 주행
온 세상을 휴양처로 삼고
저들은 부끄럽지도 않나
삼한사온 햇살을 밟으며
헤프게 웃음을 남발하며
겨울 들판에
사랑을 한다

사랑할 수 있을 때 사랑한다 해도

내가 산다는 것은
오직 내가 살아 있다는 것
살아 있는 동안 나는 당신을 사랑할 것
우리 영원히 함께할 수 없음을 슬퍼하지 말자
우리 영원히 헤어질 수 없음을 슬퍼하자
사랑할 수 있을 때
사랑한다 해도
사랑은 쓸쓸한 등대지기의 하루

당신을 사랑한다는 것은
내가 죽어간다는 것

손

내 오른손의 법정대리인은 왼손이다
또한 내 왼손의 법정대리인은 오른손이다
법적으로 그렇다는 얘기다
걷다 보면 서로를 외면하고
먼저 나아가려 하고
밤엔 제각각 식은땀을 흘린다

한 여자의 귀국

어둠에서 대하는 하얀 세상도 그러려니와
생각해보면 얼추 20여년 만에 대하는 눈이었다

그림자 아녀?
구멍가게의 방안에서 속삭이는 말투였지만
작은 그 소리는 희미한 백열구 아래의 실내를 울리고
하얀 눈이 쌓인 바깥 세상을
온통 흔들어놓았다
문을 열자 어둠과 함께 한기가 매몰차게 밀려들어왔다
이미 눈발은 그쳤지만
얼른 문 밖으로 나서지 못했다
꿈결처럼 다가서며 하얗게 펼쳐진 골목길은
차마 범할 수가 없어서
성큼 한 발짝을 내딛기에도 왠지 두려운 마음이 일었다
그렇게 어중간한 몸짓으로
문 밖을 가늠하고 있을 때였다
등뒤에서, 누군가의 그런 가느다란 목소리가 들려온

것이다

금자 아녀?

처음 그 소리를 그렇게도 들었었다

그러나 문 밖을 나서고

설레던 마음을 다스리며 그 말이

금자가 아닌 그림자란 발음이었다는 데 의심하지 않

았다

왜냐하면 그 소리는 눈발처럼

구멍가게를 천천히 적시며

은밀하고도 확실하게 들려왔기 때문이다

그러나 그게 무슨 뜻인지

쉽게 알 수 없었다

그림자라는 말이 실제로 실체 없는 사람을 일컫는

껍데기 비슷한 말이든지,

아니면 근본 없이 떠돌다

옛 고향 마을로

몸뚱이만 돌아온 빈 강정 정도 된다든지,
아니면 비슷한 발음의
둥지 잃은 조류(鳥類)의
이름일 수도 있는 것이었다

바람 찬 골목 끝
흰 눈은 곱고
집 잃은 여자의 발자국만 깊어가고 있었다

섬잣나무

28년 전, 처음 시를 쓰기 시작할 때 나는 아팠다 그리하여 나만 아프고 나만 외롭고 나만 외면당하고 나만 가슴이 텅 비어 있었고 나만 조금씩 늙어갔다

30여 년이 지난 지금, 벌써 시가 지겨운 지금도 나만 아프고 나만 서럽고 나만 홀로 밤길을 걷고 나만 누군가에게 이용당하고 나만 빠르게 늙어간다

아,
어느날 베란다에서 내려다본 오엽송 늙지 않는다

30년이 더 지난다 해도 나는 나다
나는 모를 것이다
나무도 아프고 나무도 슬프고 나무도 때론 별빛처럼 빛나고 싶고 나무도 누군가가 미치도록 그립고 나무도 누군가를 때려주고 싶고 아,

오엽송

섬잣나무도 저렇게 파도를 잊고
육지에서 저렇게
늙어간다는 것을

킹스크로스에서

자동문이 열릴 때마다

지미 핸드릭스의 에드립을 흉내내는 기타 소리가 숨막
히게 밀려오고

60년대 식으로 장발을 늘어트린 거리의 악사는

생의 종지부라도 장식하듯 쉬지 않고 기타줄을 뜯어
댔다

그러나 자정 무렵,

간간이 지나치는 행인들은 악사를 향해 잠시 고개를
돌릴 뿐, 그 누구도

앞에 놓인 기타집 안으로 돈을 던져넣는 이는 없었다

살풍경하였다

거리의 악사는 지독하게 핸드릭스의 음악만 연주해
댔고

또 행인들은 지독하게 단 한푼의 동전도 던져주지 않
았으며

출입문이 열릴 때마다 전기기타 소리는 정말 지독한
소음으로

까페 안의 텔레비전 소리와 뒤섞였다
텔레비전은 채널 2의 뉴스속보에 맞추어져 있었다

뉴욕 뉴욕 뉴욕
한 세기 자본주의의 꽃밭에서 어느날
폭격기가 되어버린 여객기를 이야기하고
쌍둥이 빌딩도 인간도 함께 모조리 추락했다는……
거기까지만 귀에 들어오는 씨드니 환락가
킹스크로스의 밤

남쪽의 끝에 서 있었다

설악에 첫눈이 내린 다음날
나는 남쪽의 끝에 있었다
바닷바람에 마음이 조금 감상적이 되어서
혼잣말로 중얼거렸다
흰 눈이 쌓이듯 나도 무언가를 쌓으면서 살아왔는지
흰 눈이 녹듯 조용히 허물어지는 것은 아닌지
누군가에게 듬성듬성 흉터만 남기고 있는 것은 아닌지
그리고 이렇게도 되뇌었다
그러면 어떠리
골목길에 흩날리는 신문지면 어떠리
깨알 같은 모든 사연 첩첩이 흩어지면 어떠리
멀리 첫눈 온 다음날 나는 공연히 감상적이 되어서
그렇게
남쪽의 끝에 서 있었다

통닭

만원에 두 마리 하는 통닭구이를 사다가
네 식구가 앉아 히죽거리며 고길 뜯는다
밤늦은 시간 아직 트럭운전사는 김포가도에 서서
줄줄이 꿰어진 통닭을 굴리고 있을 늦은 밤이다
우리는 앉아서 따뜻하게 기름칠을 한다
근데 있잖아 얘들아
미국선 전기의자로 사형을 시켰는데
처음 그걸 만들어준 사람이 누군 줄 아니?
토마스 에디슨이야
근데 있잖아 얘들아
처음 전기의자를 사용했을 때
사람은 죽지 않고 그저 통닭구이만 되었다는구나
아빠 지금 그 말이 이 분위기에 맞는다고 생각해요?
당신 지금 반미교육 하는 거야?
통닭 먹지 마
셋이서 비닐봉투를 가로채 돌아앉아버린 밤

사내의 방

세상엔 결코 이해되지 않는 일들이 가끔 일어난다
이상한 그 일들은 우리가 전혀 예기치 않는 곳으로부터 나타나
마음의 끝자락까지 적시며 한 시기를 장식한다

그 소리는 쉽게 지워지지 않고 가늘고 질기게 나의 머릿속을 맴돌았다. 이명처럼 가느다란 울림이 그렇게 작게 물결치면서 들려올 때, 나는 그게 사람의 숨결이라는 것을 알 수 있었다. 초저녁 이웃집의 요란한 목소리가 가끔 이쪽으로 들려와도 사람의 숨결이 들릴 정도로 얇은 벽은 아니었다.

그렇다면 그 숨소리의 진원은 사내의 방이 틀림없었다.

숨소리는 끊길 듯이 끊길 듯이 이어지면서 귓전을 맴돌았다. 알 수 없는 일이었다. 갑자기 나는 그게 사내의 목울림이며 그건 그이의 숨죽이는 흐느낌일지도 모른다고 생각했다. 그러나 그럴 리는 없었다. 평소 보아오지 않던 행동이며 오늘은 어느날보다 즐겁고 행복한 사내의 하루가 아니었던가. 기다리던 오디오가 들어오고 멀리

이국에서 벗으로부터 선물이 오고 오랜만에 아이들은 그를 반겼다. 그러나 종잇장 비벼대는 듯한 그 숨소리는 멀어질 듯 멀어질 듯하다간 다시 이어지고 잊혀질 듯 잊혀질 듯하다가는 다시 귓전을 맴돌았다. 알 수 없는 일이었다.

이 기쁜 날,

남편은 왜 우는가

박 모, 그리고 술패랭이 필 때

오늘도 거룩한 향기가 밀려온다
늦은 아침
홀연히 일어나
거짓말 한그릇
찬물에 말아 후루룩
마신다

지금은 멀리
술패랭이 필 때

김포 사는 박 모(某)의
우주는
잎사귀 끝 가물거리는
파리 한마리

그의 이데올로기는
잠깐 동안의 고독

외로움 속의
분주

멀리 들판길 따라
술패랭이 필 때

김포 사는 박 모는
온종일 술술 집어삼킨
거짓말을 배설하며
창밖을 바라본다

밥 먹듯 거짓말을 하며
살아온 김포 사는 박 모

지금은 멀리
자줏빛 술패랭이 필 때

달궁을 그리워함

지리산, 아직 산내에서부터 비포장도로에

남원에서 뱀사골까지 하루 두 차례 직행버스가 다니던
시절

달궁 눈 속에, 빗속에 묻혀 나 거기 살았네

산사람들 겨우내 토방에 모여 고스톱을 치고

여름이면 뱀 잡고 밀렵을 하고 벌을 치고

나는 밤새 찰칵찰칵 타자기를 치다 간첩으로 신고를
당하기도 하고

그 덕에 노루며 뱀에다 꿀 따먹고

큰사람 되면 찾아오리라던 맹세가 이젠 영영 약속조차
잊혀지고

오래전 구례로 넘어가는 관통도로가 생겼다고 하고 마
을, 마을사람들은 모두

관광지, 장사꾼이 되었다고도 하는데 그래도 뭔가 옛
모습이 있겠지 하여

빨치산이 기어들듯 한번 밤을 도와 지리산 달궁이며

심원 마을 찾을까 하다

　한번 다녀오면 이 그리움마저 관통 고속도로를 타고 어디론가

　빠져나갈 듯하여, 인월 어디쯤에서 잃어버릴까 하여 그리움 그냥 지닌 채 멀리 남쪽 하늘을 바라보네

　그리고

　내가 먼저 깨달아야 할 것은 과연 큰사람이란 뭐냐 하는 것이네

늪, 목포에서

여자는 아팠다 여자는 십여분이 넘지 않는 간격으로
계속 몸을 뒤척였다 일이 끝나자마자 벗은 그대로 수이
잠이 든 그니였다 그러나 이내 깊이 잠이 들었는가 싶더
니 채 삼십여분을 넘기지 않고 양미간에 주름을 세우며
몸을 움직여댔다 맑은 이마에선 어느새 유리가루 같은
작은 땀방울이 솟아났다 목줄기 아래로 젖은 기운이 피
부를 덮고 있었다 사내가 일어나 주섬주섬 옷을 챙겨 입
을 때 여자는 다시 눈을 떴다 이마를 짚어보니 따가운 열
기가 그대로 손끝에 전해왔다 여자는 아팠다 사내는 옷
을 입은 몸으로 상체를 구부려 여자의 얼굴에 자신의 얼
굴을 가져다 댔다 누가 보면 우스운 꼴이었다 여자는 눈
을 마주하며 그대로 있었다 사내는 여자가 덮은 이불 위
로 그의 상체를 포개어 구부리고 앉았다 여자는 아무런
미동도 없이 두 눈만 멀뚱히 뜬 채 천장을 향할 뿐이었다
그러다 여자의 손이 사내의 머릿결에 와닿았다 다 부질
없는 일이었다 골목 뒤에 해장국집이 있어요 꼭 식사하
고 올라가요 이름이 뭐냐 지양이에요 그게 네 암호구나

다시 만날 수 있을지 모르지만 그때는 병이 너를 떠날 거야…… 여자는 아팠다 사내는 탁자 위에 놓인 기차표를 집어들었다 여자가 슬픈 눈으로 기차표를 바라보았다 사내는 창밖을 바라보며 잠시 서 있었다 바람은 멎어 있었지만 제법 굵은 빗줄기가 어둠을 놓지 않고 흘러내리고 있었다 사내는 기차표의 접힌 선을 손가락으로 문지르며 한동안 망설였다 사내는 자신이 깊은 늪에 잠시 갇혀 있다는 생각을 했다 늪에 비가 내리고 있었다 늪의 한가운데 한 여자가 더욱 깊이 빠져드는 그림이 떠올랐다 그녀에게 손을 뻗을 수는 없을까 그렇다 한들 어떻게 이 늪을 빠져나갈 수 있을까 비는 그치지 않을 기세였다 사내는 접혔던 창문의 커튼을 내리고 돌아섰다 여자는 그때까지 눈을 뜨고 있었다 사내가 돌아서 나선 후, 계단의 발자국 소리가 멀어질 때까지 그리고 문 밖을 나서 빗줄기 내리는 세상을 향해 질주할 때까지 여자는 미동도 하지 않고 그냥 그렇게 누워 있었다

오빠아——

사내는 달려나갔고, 빗줄기를 뚫고,

그런 외마디가 사내를 쫓아오고 있었다

겨울 만행(卍行)

어느날 한번쯤은 팍! 하고 소리를 내며 햇살이 놀이터
를 비출 때가 있다

나는 눈이 부셔 하얀 눈 속으로 고개를 돌린다
사실 산다는 일이 이렇게 화사하다는 것을 나는 모른다

부러진 우산살, 건너 산의 청솔가지
담장 밑의 철사나 옷걸이를 주워다가
집을 짓는 저
고압선 세상 속의 까치집을 바라보며
세상이 또 그렇게 만만치 않다는 것도 사실
나는 모른다

다만 고마운 것은 맑은 햇살과 제 터를 잡고 앉은
까치의 각진
겨울 울음소리

봄

김성동 선생을 생각하며

입춘 지나 봄이라는데 싸락눈이 내리는구나

싸락눈 끝에 비가 내리는구나

베란다에 앉아 바라보는 들길

굽어진 논길이 참 고요하구나

아름답구나 서럽구나

글만 쓰지 않을 수 있어도
세상은 이렇게 아름답지 않을 텐데

제4부

노래

그래 잘 계시오 시인선생

12호차 지도원 안성희 동뭅니다

함께 보낸 3박4일 기억하시오

그때 남측 사람답지 않게 깡마르고 초췌한 모습이 아직도 생생합니다

남측 시인이 다 나처럼 생긴 게 아니라던 말도 생각납니다

짓궂은 단원들이 안 나오면 졸장부 안 나오면 졸장부 하며 노래를 하나 청하자

당황해하던 모습도 생생합니다

마지못해 누군가의 시를 노래 대신 낭송한 후 곁에 앉으며 아는 노래가 전부 슬프거나 우울해서 못 부르겠다던 말도 생생합니다

우리 노래가 기운차고 선동적인 데 반해 남측의 노래가 다 그렇게 보일까 하여 숨기려는 당신의 애국사상 이해합니다

그러나 내가 보기에 당신은 남측의 슬픈 시인이었습

니다

그러니 슬픈 노래를 불러야 했습니다

그 슬픔이 어디에서 온 것인지 모르지만 그저 통일을
못 이룬 아픔이라 해둡시다

우리가 다 기운차지 않듯이 당신네가 다 슬프지도 않
다는 것을 압니다

당신네가 다 배부르지 않듯이 우리도 다 배고프지 않
다는 것을 알아야 합니다

우리가 서로 너무 멀리 걸어왔다는 사실도 돌아보면
압니다

안녕하시오 시인선생

그냥 슬픈 노래 부르세요

그러면 우리도 비로소 우리의 노래 부르지요

왜 우리인들 솔바람에 마음 설레고 능수버들에 휘돌아
가지 않겠습니까

우리도 사람이요 당신네도 죽습니다

다시 만날 때까지 잘 계시오 시인선생

버스 안에서 팬클럽까지 생겼다던 리류경 옆에 내가
앉혀준 거 잊지 마시오 선생

해질 녘 대동강가를 걷다 불현듯 남측의 강팍한 얼굴
하나 떠올라

남한 말로 몇자 그려보았습니다

수작과 공작

만경봉호에 오를 때 누군가 쿡 옆구리를 찔렀다
공작선이란다 공작이란 무엇인가
평생 공작 한번 못해본 사람이다
사람들은 민족과 조국을 위해 공작을 한다지만
나는 그저 여자에게 수작은 몇번 부려본 적 있다
현문을 지나 철계단을 오르며 잠시 숨이 멎어왔다
나도 무언가 한두 가지 결심을 해야 하지 않겠는가
민족이라든가 통일이라든가
그러나 멀리 바닷물결만 곱고 하염없었다

만경봉호에 오르자 누군가 쿡 나의 눈을 찔렀다
빛 고운 이북 여자들 솜씨 좋은 말투다
수작인지 공작인지 분별 없이
나는 오늘 하루 그렇게 흔들리는 배에 몸을 맡겼다

그날
만경봉호에 오르며

그날 당신이 내게 숨어들었던
부산 다대포 밤바다에 물결 일렁이누나
파도는 주먹다짐하듯 거푸 헛된 용기를 내고
가로등 멍한 눈빛이 작은 돌섬에 부딪혀 돌아오던
그날 손목 굵은 당신에게 내가 보낸
작심한 눈길 검은 바다에 떠다니누나

우리의 마음은 어디로 갔나
무릎 세워 솔잎 흔드는
부산 다대포 밤바람을 보면서
그날 당신이 내게 던진 말
바닷길 울돌목에 휘감기누나

뭐이. 우리는
이래 살아야 하느냐고

외진 숲길을 걸어본들

보도 듣도 못한 나무 한그루 사고 싶어서
그 나무를 키워 어느날 시에나 한번 써먹으려고
화원에 갔다가 그냥 되돌아왔다
한창때 홀로 미아리 홍등가 길목을 서성이다
내 생의 한 사연이라도 만들까 하여 포장마차에서
소주 몇잔 넘기고서 서성이다 돌아온 적이 있다
멀리 씨드니에 살 때도 수시로 숲으로 들어가
훗날 시라도 몇편 써볼까 하여 싸돌아다니다가
부질없어 돌아와 벌렁 자빠지곤 했다
식물도감에나 나올 나무 이름
남도 어디에서 올라왔을 누이 같은 아이의 눈동자
외진 숲길을 걸어본들
마르고 비틀어진 몸에 꽃이 붙을 리 없다

고들낚시

재주 개밥풀이 강개니까 댓길이 꾸부래야 영 고들* 맛
이 없구**

     * 미끼 없이 세월이나 낚는 '곧은낚시'를 이름.
    ** 세상 욕망 버리고 곧은낚시나 즐기려 하나 자꾸 개밥풀이 엉겨
       대나무가 휘고 마음이 영 번거롭다는 뜻. 김포에도 사투리는
       있었다.

상처

우리가 그저 도토리 몇알 주우려고
누룬치기* 알로 쓰거나
도토리묵 한 젓갈 훌훌 삼키려고
던진 돌덩어리의 상처를
30년이 지나는 세월 동안
나무는 차마 버리지 못하고
더 흉측하게 깊어가고 있었구나

우리는 그저 도토리 주워왔냐는 칭찬 한마디 듣고자
밑동을 흔들고 가지를 부러트렸건만
나무는 긴 세월을 하루같이 흔들리다가
그래도 옛 소년
깨지고 다치고 어깨 내려 다가서면
나무는 아직 푸른 입김 푹푹
내주는구나 껄껄 웃는구나

* '새총'의 김포 지역 사투리.

외길

더듬거리며 간다

서울의 마지막 들판이라는 가양지구 논에는
공항동에서 방화동으로 이어지는
외길이 있다
외길은 굴곡이 없고 오후의 적막만이 들길을 가르며
이승과 저승의 고리처럼 엄숙하게 누워 있다
그 길을 산책하는 사람은 대개 고혈압으로 한번 쓰러
진 사람이거나
아주 큰 병으로 삶의 안과 밖을 내다보는 사람들
지팡이를 짚고, 누군 항암 치료로 벙거지를 눌러 쓰고
또 누군 한쪽 손을 덜렁거리면서
더듬거리면서 주춤주춤
외길을 오가며
인생의 소중함과 삶의 경이를 잡는다
고통도 함께 느낀다

황량한 들판도 좋고 갈아엎는 3월의 햇살도 부럽고
파릇파릇 자라나는 볏잎도 고마워
천천히 아주 천천히 외길을 간다
비록 한때는 서럽고 아쉬웠던 외길
멀기만 했던 나의 길
그 길을 떠나고 싶지 않아
황혼을 등에 지고 모든 정성을 다해
더듬거리며 간다

기타 하나 샀다

광화문 개고기집 버드나무에서
선배와 개고기 수육을 먹으며
손님도 없겠다
연변서 온 두 아줌마와
말 고스톱으로 농담 따먹기를 하다가
거기 한 여인네 남편 되는 이가
파주 기타공장에 다닌다 하여
명품을 아주 싸게 살 수 있다 하여
덜컥 10만원에 기타 하나를 주문하고 돌아와
밤새 뒤척인다

중2 땐가 아버지가 앞마당에 내동댕이쳐
쩍 등이 갈라지던 기타
그때 내 가슴도 병이 들기 시작하던 기타
지금 나이가 몇인데 그냥 개고기나 얻어먹을 일이지
잠깐만이라도 기운이나 차릴 일이지
마누라에게 뭐라고 말해야 하나

마누라도 등이 갈라지게 내동댕이칠라나
샘터사에서 받을 원고료는 있는데
이 생각 저 생각에
잠이 안 온다

앉은뱅이 책상

25년 남짓 굳게 닫혀 있었다

국민학교 다닐 때 신상품으로 나와 한창 유행하던
조그만 마호가니 책상
모서리엔 보기 좋게 회색 알루미늄 보호대도 두르고
볼수록 미끈하고 세련미가 넘치던
앉은뱅이 책상
색상이 밝아 부잣집 아이처럼 온통
뽀얀 얼굴로 얌전한 모습으로 반듯하게 놓여
마주하면 야릇한 포만감을 안겨주던 뭉게구름
'하면 된다'라는 쪽지를 벽에 붙여놓고 쪼그리고 앉아
다짐하고, 다짐하던 어린 생의 거처
학교 졸업장과 상장 몇개, 성적표, 유년의 사진첩,
같은 교회에 다니던 여학생과 주고받던 편지 뭉치,
그리고 차마 편지로 말하지 못하던 이야기를 적어놓은
일기장
그런저런 물건들이 제법 깊은

서랍을 가득 메우고 있을 작은 문을
드라이버와 망치로 두들겨 열고
나 깊숙이 기어들어가
돌아앉아 다시
못을 박는다

시인

청소가 끝난 뒤 청소기를 열고 필터를 한번 들여다보라
그게 시인이다
라고 거만을 떨며 골목길을 휘젓고 다닌다
내가 지나간 자리마다 쓰레기 수북하고
이유 없이 사람을 울리고
햇살마저 꺾어버리고

영혼이 맑은 이에겐 보이지 않는 부지깽이
아, 아침밥처럼 다가오는 스산한 공기

꺾꽂이

아무 데나 뿌리내려 몸을 푸는

사랑법을 배우고 싶네

묻이고 묻이고 쿡쿡 질러 넣으면

푸른 잎을 발하는

이른 봄이나 이른 가을

그대 두고 간

한 가지 베어내어

이마트

　요즘 내게 가장 큰 즐거움은 네 식구가 이마트로 장보
러 가는 일이다
　아이와 아내가 놀이터를 돌듯 이리저리 오갈 때
　나는 이층 난간에 기대어 잠시 시간을 멈추어본다

불과 30년간 일이다
길다면 길고 짧다면 짧은 이 시간이
내겐 예기치 않은 낮잠처럼 지나쳐갔다
이마트 건물이 30년 전엔 김포국제공항이었다
그때 내 막내삼촌이 사우디로 돈 벌러 간다고
푸른 제복으로 일층에 줄지어 앉아 번호를 구호하고
나와 가족은 여기 이층 난간에 서서
바라보았다
삼촌은 끝내 차디찬 시신으로 돌아오고
얼마 후 국제선 건물은 국내선이 되었다
다시 국제공항이 영종도로 날아가고
그 옛날 이별과 눈물의 김포국제공항

국내선은 대형소매점이 되었다
이마트가 되었다 한 가족의 놀이터가 되었다
같은 건물에 자리는 그 자리이되
그제나 이제나 이층 난간에 서서 물끄러미
세월을 셈해본다
저들의 분주 우리 모두의 시간, 그리고 무너지지 않는
이층 난간
정말 잠깐의 사이였다
그렇게 믿고 싶다

반듯하다
후배 K에게

  나도 이제 한마디 거들 나이가 되었는지 모르겠다만
한마디 하마
  시를 쓰려거든 반듯하게 쓰자
  곧거나 참되게 쓰자는 말이 아니다

  우리는 사진기 앞에 설 때
  우뚝하니, 반듯하게 서 있는 것이 멋쩍어서
  일부러, 어거지로, 더욱 어색하게
  셔터가 울리길 기다리며 몸을 움직인다
  말 그대로 모션을 취하는 것이다

  차라리 반듯하게 서자
  촌스럽게, 어색하게, 부끄럽게
  뻣뻣하게 서서 수줍으면 좀 어떠랴
  이런 말 저런 이름 끌어다 얼기설기 엮어
  이런 것도 저런 것도 아닌 모션 취하지 말고
  그냥 반듯하고 쉽게 쓰자

골목 세상

마을버스를 기다리며 세찬 겨울바람을 보았다
골목 안으로 들어가 해바라기를 하며 섰다가
횟집 수족관을 들여다보니 세상이 훨훨 날고 있었다
농어 우럭 숭어 도미 전어 그네를 타는 전복 해삼 낙지
개불 멍게
광어의 눈이 반짝반짝 빛나며 작아졌다
돌아보니 버스는 오지 않았다
내 눈이 점점 커지며 수족관 물속으로 따라 들어갔다
물고기들은 바깥 추위와 나의 둥그런 눈을 모른 채
힘차게 삶을 살았다
날렵하게 산길로 오르는 물의 잔치를 보았다
몇몇은 이데올로기에 대해 토론중이었다
저렇게 힘차게 살다니
마을버스는 오지 않았다

뱀이 웃는다

숨죽여 수풀 헤집는 그니도 가끔은
가시나무 위에 몸을 펼치고
씨물거린다

햇살 눈부신 겨울 빌딩숲
계절 잃은 이파리 하나 대롱거린다
제법 푸르다, 제법(諸法)
뱀과 잎새 푸른 나무는 이제 한몸이다
점심 식사를 마친 사무원들이 무심히 지나는
광화문 모퉁이 길
거기 한마리 뱀이 우뚝 서 찬바람 맞으며 미소를 짓고
김포행 막차는 헤진 신발을 끈다

산들이 서로 엉겨 타는 저녁에도
뱀이 남기고 간 미소는 지워지지 않는다
우리 모두 뱀처럼 살아야 한다고 믿으면서도
쉽게 미소 한번 지을 일 없으니

산다는 건 정말
쉬운 일이 아니로구나

홍등

70년대 중반 나는 고3이었네

어두운 영등포의 밤

지금이야 그때를 일컬어 그렇게 어두운 시대였다 하
지만

역전 골목길의 홍시처럼 애타게 걸린 붉은 창 잊을 수
없네

매양 성적은 오르지 않고 예비고사는 다가오고

학원에서 돌아와 지친 몸이 외롭기까지 하면

밤길을 걸어 철길을 따라 배고픈 까치가 홍시를 찾아
눈길을 나서듯 역전 골목으로 향했다네

눈은 쌓이지 않았네

800원이면 한 코 한다더라

오늘 밤 하늘은 어둡고 붉은 기운이 지상을 점령하는
구나

밤늦도록 철길을 서성이다

결국 박박머리 긁어대며 돌아오면서

나 세상에 그렇게 무릎을 꿇기 시작했다고 생각하고

싶지 않네

　세월이 지나 내 방에 청등 하나 켜 있네
　누가 그만 와서 문을 열어다오
　다시금 허기는 계속되리니
　고통이 배부른 자 서성이지 말고 들어와
　스위치를 누르고 나의 어둠을 즐겨라

벽오동 2

잊는다 잊자 해도 잊혀지지 않는 것이
사람의 정이다

황혼녘에 놓인 그림자처럼
벽오동 잎잎마다 정을 붙이고 있다

봐라 내가 뭐라고 했나
이렇게 세월이 흘러도 잊혀지지 않는다고 했지

나무가 조금씩 움직이고 있다는 사실을 안 것은
내가 몇년째 청색의 몸으로 물끄러미 창밖을 내다볼
때였다
그동안 나는 아무리 내가 막무가내로 느껴질 때에도
저 벽오동보단 낫지 하고 웃고 있었다
눈이 오면 눈을 쓰고 비가 오면 비를 듣는
나무의 부동자세를 우습게 여기고 있었다
그런 어느날 지구가 기우뚱하는 바람에 놀라 일어나

하늘을 보니
  짙푸른 나무가 옆으로 옆으로 걷고 있었다

  걸어가 가까스로 손을 내밀어
  산 너머 먼 이의 등을
  만지고 있었다

목련꽃 그늘 아래서

한 알의 모래 속에 누가 살고 있을까
한 알의 모래 속에 우주가 있다 하나
우주 속엔 누가 살고 있을까
처음 소양강 댐의 물을 바라보며 가슴이 뻥 뚫리던 기억
동해 망상 앞바다에서 일출을 보며 가슴이 무너지던
기억
태평양을 건너며 저 물을 대체 누가 다 마실 것인가
코끝이 찡해지며 살아갈수록 세상은 넓어지고
그만큼 가슴은 미어지는데 나는 또 오늘 목련꽃 그늘
아래서
한 알의 모래 속에는 누가 살고 있을까
한 알의 모래 속에 우주가 있다 하나
우주 속엔 또 어떤 가슴 무너지는 일이 벌어지고 있을까
목련꽃 뚝뚝 떨어트리며 그렇게 앉아 있다

수직(垂直)에 관한 시적 성찰

이동순

1

수직(垂直)은 해석기하학에서 생겨난 용어지만 일상생활에서도 흔히 쓰는 말이다. 수직이란 말은 보통 공간지각 개념으로 응용되어 쓰인다. 말하자면 어떤 물체가 위에서 아래로 똑바로 드리운 모양을 일컫는데, 말 그대로 수평에 대하여 직각을 이룬 상태로 설명한다면 가장 쉽게 이해된다.

지구상에 직립(直立)해 있는 모든 존재와 사물들은 대체로 수직의 형상을 하고 있다. 각종 건축물과 구조물, 그 사이를 보행하는 호모 사피엔스들의 행렬, 무수한 가

로수와 전신주, 가재도구와 생활용품을 비롯하여 수직 형상의 사물과 세계는 우리 주변에 얼마나 많이 자리 잡고 있는가? 수직은 생존의 확인으로, 수평은 생존의 중단으로 상징되기도 한다. 사회구조와 계층, 각종 인간관계와 삶의 패턴에서도 수직 형상은 언제나 복합적으로 작용하고 있다.

기하학적인 해설로 수직에 대하여 좀더 알아보자.

수직(perpendicularity)이란 직선과 직선, 직선과 평면, 평면과 평면이 이루는 각이 직각을 형성할 때 일컫는 말이다. 누 직선 a, b가 만나서 이루는 교각이 직각일 때, 이 두 직선은 서로 수직이라 하고 a⊥b로 나타낸다. a와 b가 수직으로 만나면, 한쪽을 다른 쪽의 수선(垂線)이라고 한다. 특히 a, b가 수직일 때 a, b는 직교(直交)한다고도 한다. 해석기하학에서 평면 위의 두 직선 $ax+by+c=0$, $a'x+b'y+c=0$이 수직일 조건은 $aa'+bb'=0$이며, 공간에서 방향 코사인이 l, m, n : l', m', n'인 두 직선이 수직일 조건은 $ll'+mm'+nn'=0$이 된다.

또 평면 π와 한 직선 a가 한 점 o에서 만날 때, o를 지나는 π 위의 임의의 직선과 a가 수직이면 직선 a는 π에 수직이라 하고 a⊥π로 나타낸다. 이때 a는 π의 수선이라고 한다. 또 직선 또는 평면의 수선이 그 직선 또는 평면과 만나는 점을 '수선의 발'이라고 한다.

그것은 우선 직선에 대한 수선의 발과 평면에 대한 수선의 발 등 두 종류로 나눌 수 있다. 또 직선과 평면의 수직에 덧붙여 두 평면의 수직까지 함께 지적할 수 있다.

인문학적 기질과 감각에 익숙한 독자들에겐 매우 낯설고 느닷없는 해설로 들리겠지만 우리 삶의 주위를 조금만 유의해서 지켜보노라면 우리가 얼마나 많은 수선의 발에 둘러싸여 있는가를 깨닫고 새삼 소스라치게 놀랄 것이다.

수직과 수평의 지각은 평형감각에 의한 중력 방향 및 가속도 방향의 지각, 시각에 의하여 확인된다. 이를테면 대지의 수평선, 건축물의 수평·수직면의 지각, 신체의 자세에 관한 근육감각, 의자에 앉을 때 느끼는 지지면(支持面)에 대한 촉각 등으로도 쉽게 확인할 수 있다.

가령 풍랑에 몹시 흔들리는 배 위에서 수면을 보는 경우, 혹은 선회하는 비행기에서 대지를 보는 경우, 긴 고갯길을 자전거로 달리는 경우 등을 상상해보자. 우선 신체의 일부가 기울어진 불안정한 자세에서는 각 요인이 초래하는 수직·수평감이 서로 모순되기 때문에 객관적인 수직·수평 방향을 지각할 수 없게 된다. 뿐만 아니라, 때로는 혼란스럽고 불안정한 지각상태에 빠지기도 한다.

현대사회가 걸어온 근대화의 과정과 관련하여 발생한 온갖 모순과 부조리, 각종 불합리한 사실들도 사회구성체와 가치관, 패러다임의 급격한 변화 등과 더불어 그곳에 거주하는 군상들이 겪게 되는 수직·수평감의 혼란과 갈등, 혹은 불균형에서 파생된 경우가 많았던 것으로 보인다. 이것은 개인과 집단을 초월하여 동시에 발생하는 현상으로, 순조로운 발전에 현저히 장애를 주기도 하고 때로는 일상적 삶의 평형을 이루려는 힘을 내부에서 추동하기도 한다. 이처럼 수직과 수평의 공간인식은 우리 삶의 도처에서 항시 작용되고 응용되는 하나의 원리로 여겨진다.

　시인 박철이 걸어온 작품세계를 면밀하게 지켜보노라면 놀랍게도 수직에 관한 시적 사유와 성찰을 줄기차게 지속하고 있는 특이한 문인이라는 생각을 하게 된다. 시인들이 자신이 관심을 갖고 있는 테마나 분야에 대하여 집중 탐구와 조명을 일생 동안 계속하는 사례는 흔하지만, 수직에 대한 공간인식이라는 문제를 시 창작에서 중심 테마로 다루고 있는 시인으로는 박철이 유일하다.

2

박철은 이번 시집을 포함하여 지금까지 도합 여섯 권의 시집을 발간했다. 그의 첫 시집인 『김포행 막차』(1990)에서 수직에 관한 공간인식은 일단 인간의 정상적 삶에 장애와 불편을 주는 존재들에 대한 저항감의 표출로 나타난다. 서울에서 출생한 박철은 김포 일대의 변화와 근대화 과정을 주의깊게 지켜보고 있다. 「김포 11」에서는 비행장 활주로에서 기운차게 공중으로 치솟아오르는 써치라이트의 광경을 두려움과 불편한 부담으로 인식하고 있다. '섬뜩섬뜩'이라든가 '몰아치다'라는 대목에서 그런 징후를 강렬하게 느끼게 한다. 「김포 12」에서는 활주로를 타고 미끄러져 나가는 비행기 동체의 꼬리 부분이 지닌 수직적 형상을 혼돈과 방황으로 설명해나간다. 「외줄타기」는 수직적 공간인식에 대한 시인의 집착을 보여주는 상징적인 작품이다.

외줄을 탄다
장대 끝에 이승과 저승의 추를 달고
누이가 걷던 길을 간다
시치름 떠는 눈동자 위에

서녘으로 넘어가는 노을빛, 서녘빛

휘어질 듯 그려지는

낮낮한 손끝이 흐리다

—「외줄타기」 부분

이 시에서의 공간인식은 수직이 가져다주는 어떤 위기
감이나 절박한 심정의 표현이다. 세기말의 시대가 풍겨
내는 고통과 심리적 부담은 사람들에게 얼마나 큰 무게
로 다가오는 것이었던가.

지난 세기의 막바지에 발간된 그의 세번째 시집 『새의
전부』(1995)를 읽다 보면 사물의 수직적 공간인식이라는
측면에서 「구직공고」가 유난히 눈길을 끈다. 시인은 버
스를 타고 차창에 기댄 채 인파로 붐비는 신촌 로터리 부
근을 지나가다가 벽보판에 붙은 구직공고를 바라본다. 이
때 사람이 사람을 데려다가 과연 무얼 어떻게 하겠다는
것인가라는 자탄에 젖는다. 그와 동시에 일상적 삶의 피
로와 부담, 혹은 두려움마저 갖고 있는 자아를 발견한다.

이러한 관점이나 공간인식은 21세기 초반에 발간한 시
집 『영진설비 돈 갖다 주기』(2001)에서도 줄곧 계속되고
있다. 관념적이고 서술적 분위기로 일관되던 종래의 작품
에 비해서, 이 시집이 주는 극적 효과와 선명한 장면의

제시는 시인의 창작 의도를 독자들에게 훨씬 친근한 분위기로 다가가게 하는 일에 일정한 성공을 거두고 있다.

「영진설비 돈 갖다 주기」는 인터넷 싸이버 공간에서 네티즌들에게 꽤 인기를 얻고 있는 작품이다. 시인은 기질적으로 현실적 삶과 이해타산에 둔감한 경우가 일반적이다. 또 그래야만 확고한 시 정신에 근접한 작품을 이루어낼 수가 있을 것이다. 이 시는 바로 박철 자신이 꾸준한 화두로 제기하고 있는 수직적 공간인식의 또다른 표현 양식에 다름 아니다. 수직적 삶과 사고의 도식적 측면에 대한 저항과 반기를 시인은 이렇게 들 수밖에 없는 것이다. 계산에 밝고 명리에 세속적으로 집착하는 사람들의 눈에는 시인의 이러한 모습이 매우 우매한 존재로 비쳐질 뿐이다. 하지만 우리는 그러한 시인적 우매함이 주는 신뢰감에 먼저 주목하지 않을 수 없다. 박철의 시가 주는 매력은 바로 이러한 투박함에 있다 해도 과언이 아니다.「투견장에서」는 쇠창살, 싸움 등의 격렬한 이미지를 통하여 삶의 저항 대상이 과연 무엇인지를 암시적으로 보여주고 있다.

이 시집에서의 최고의 미덕은 작품 「연」이 지니고 있는 자유의 규범성이 아닌가 한다.

끈이 있으니 연이다
묶여 있으므로 훨훨 날 수 있으며
줄도 손길도 없으면
한낱 종잇장에 불과하리

눈물이 있으니 사랑이다
사랑하니까 아픈 것이며
내가 있으니 네가 있는 것이다
날아라 훨훨
외로운 들길, 너는 이 길로 나는 저 길로
멀리 날아 그리움에 지쳐
다시 한번
쓰러질 때까지

—「연」 전문

　박철이 자신의 시세계를 통하여 꾸준히 보여준 수직적
공간인식의 윤리성과 도덕성을 가장 단적으로 잘 드러낸
작품이 아닌가 한다. 세상의 모든 기계적, 도식적 틀과
사고에 대한 거부와 저항의 끝에 이르러 시인이 지향하
고자 하는 세계는, 끈에 묶여 공중을 훨훨 날고 있는 하
나의 연처럼 그렇게 해방을 갈구하고자 한다. 하지만 그

러한 자유의 지향은 조리와 질서라는 이름의 끈에 단단
히 묶여 있는 것이다.

3

『험준한 사랑』은 박철의 여섯번째 시집이다. 이 시집
에서 시인은 수직적 공간인식의 줄기찬 탐구가 더욱 승
화된 단계에 이르는 과정을 극명하게 보여준다. 「빗줄
기」에서 하늘에서 수직으로 떨어지는 물줄기와 시인이
라는 주체적 자아는 완전히 하나로 통합되어 있다.

나에게 삶을 지탱해주는 한가닥 끈이 있다면
그것은 다름 아닌 바로 나였다
그리고 그 곁에는 단지 수직이라는 이유 하나로 평
생 지고 나가야 할 빗소리가 있었다

—「빗줄기」 부분

수직이라는 단어가 직접 활용되는 이 작품에서 시인은
"장마가 오고 빗줄기가 수직으로 내리꽂히면"이라는 표
현으로 수직적 공간인식을 한층 강화시킨다. 시인의 따

스한 가슴은 한국에 취업차 와 있는 파키스탄 노동자와 연변 아줌마의 열악한 인권과 가련한 처지를 수직적 공간인식에 노출된 전형성으로 제시한다.

「평교」는 수직과 수평을 이어주는 존재로서 하천의 교량을 그리고 있다. "평교는 어디 또다른 세상에서 / 이쪽과 저쪽의 삶을 이어주고 있을까"라는 대목에서 보듯, 이 작품은 모든 차단된 존재와 존재 간의 연결과 소통을 암시하고 있다. 앞서 살펴본 수선의 발에 관한 해설에서 우리는 이미 연결과 소통의 중요한 의미가 삶 그 자체의 활발한 가동과 발전을 염두에 둔 것임을 예견한 바 있다.

「험준한 사랑」에서는 나무를 뽑아서 넘어뜨리고 숲을 훼손하는 터널 공사도 수직적 삶이 주는 위기감의 한 표상으로 떠올려진다. 외국인 노동자 필리피노는 이 작품 속의 한 보조적 등장인물로 출연하여 줄곧 쇠톱질을 하고 있다. 그 역시 수직적 삶의 가파른 끝에 노출되어 있는 것이다.

「꿈에 본 내 낙도」에서는 "세상의 한 모퉁이 / 침엽수 돛을 세운 섬 / 먼지뿐이더라"라는 표현을 통하여 수직적 삶이 초래하는 위기감을 뾰족하고 날카로운 침엽수의 형상과 먼지에 비견하여 비극적 세계관을 드러내고 있다. 행주나루에 새로 닦인 팔팔도로(「지금도 누군가 사라진다」)

도 침엽수의 표상처럼 부정적 시각으로 그려진다. 국제 공항이 김포에서 영종도로 옮겨가는 날, 김포의 뒷산에 올라서 보아 구렁이 같은 트럭의 이사행렬을 바라보는 시각도 곱지 않다(「신행」). 과연 저러한 것을 진정한 발전 이라 할 수 있는가? 더욱 큰 규모로 건설된 공항은 인간 의 삶을 얼마나 복된 낙원으로 이끌어가는가? 여기에 대 한 시인의 시각은 부정적이다.

「겨울 만행」에서 고압선 위에 부적절한 재료들을 열심 히 물어다가 아슬아슬하게 집을 짓는 까치를 보여줌으로 써 시인은 현대인이 지금 어떤 위기의 환경에 놓여 있는 가를 묵시적으로 일깨워주고자 한다.

> 부러진 우산살, 건너 산의 청솔가지
> 담장 밑의 철사나 옷걸이를 주워다가
> 집을 짓는 저
> 고압선 세상 속의 까치집을 바라보며
> 세상이 또 그렇게 만만치 않다는 것도 사실
> 나는 모른다
>
> ─「겨울 만행」 부분

우산살, 청솔가지, 철사 따위는 수직적 공간인식의 소

도구들이며, 동시에 일상적 삶의 폐기물들이다. 잠시 뒤에 어떤 파탄적 운명 속에 놓일지 아무도 모르는 불안한 공간에서 맹목적으로 집짓기에 열중하는 까치의 표상은 바로 현대인 자신의 모습이다.

시인이 진정으로 추구하고자 하는 삶의 원형질은 하루 두 차례 직행버스가 다니던 시절 지리산 달궁 부근에서 눈 속에 파묻혀 잠시 머물던 때의 풋풋한 추억이다(「달궁을 그리워함」). 또 설악에 첫눈이 내렸다는 소식을 듣던 날, 남쪽 바다의 끝에서 감상적인 기분으로 혼자 중얼거리는 행복감(「남쪽의 끝에 서 있었다」)이다. 시인은 매우 쎈티멘틀한 분위기가 느껴지는 쓸쓸한 등대지기의 하루(「사랑할 수 있을 때 사랑한다 해도」)를 그리워하기도 한다. 이런 고즈넉한 행복감을 느끼면서 시인은 자신이 운명적으로 외길을 선택할 수밖에 없음을 깨닫는다.

외길은 굴곡이 없고 오후의 적막만이 들길을 가르며
이승과 저승의 고리처럼 엄숙하게 누워 있다
—「외길」 부분

그 외길을 걷는 사람들은 대개 폐질자들이나 삶의 심한 장애와 고통에 노출되어 힘든 삶을 살아가고 있는 존재들이다. 시인의 존재 또한 마찬가지로 그러한 외길에서 벗어날 수 없다. 박철은 시인이 걸어야 할 숙명적인 경로를 외길이라는 존재성을 통해서 알려주고자 한다.

4

박철의 시세계에서 수직적 공간인식은 꾸준히 선과 악의 두 대립항으로 자리매김돼왔다. 그리고 그 인식의 깊이는 대체로 평면적인 흐름에 충실한 편이었다.

하지만 이번 시집에 수록된 「빈 병과 크레인과 할아버지와」는 이러한 평면성을 일거에 극복하는 또다른 세계의 가능성을 보여준다. 그동안 부정적 관점으로만 판단하고 해석해오던 기계적이고 금속적인 존재의 냉혹함에 대하여 시인이 먼저 화해와 일치의 손짓을 보내고 있다는 점이 그것이다.

강서구 방화동 골목길을 따라
9호선 전철 공사가 한창이다
힘 좋은 크레인이 마을을 들어올리고 있다
(…)

나 크레인 몰고 너에게 가서

아침 햇살이 오후의 빗줄기를 피해

담장 밑 빈 병 속에 숨어 있다 말하리라

(…)

이리저리 H빔이 날아다니는 하늘가

오늘 하루 검게 그을은 무쇠의 손길로

달려가 너의 닫힌 가슴 두드리리라

땅속 깊이 박힌 몸 뽑아 멀리 달아나리라

—「빈 병과 크레인과 할아버지와」 부분

공사장의 소음과 기계 구조물이 주는 무뚝뚝함을 이렇게도 아름답고 정감 있는 언어로 표현한 시는 그리 흔하지 않다. 줄곧 부정적이고 비관적 관점으로만 다루어오던 냉혹한 사물과 세계를 감싸안으며 자기화시키려는 시인의 모습은 눈물겹고 따뜻하다. 이러한 박철 시인의 행보를 일단 긍정적 시선으로 지켜보고자 한다. 현대라는 수직적 공간은 인간의 생존을 점차 비극적이고 험난한 벼랑 끝으로 사정없이 내몰고 있다. 이 가파르고 아슬아슬한 지점에서 시인 박철의 행보는 과연 어디까지 이어지고 펼쳐질 것인가? 그 귀추를 주목해보기로 하자.

李東洵 | 시인·영남대 국문과 교수

■
시인의 말

나의 최선이 남에게도 그렇게 좋은 의미로 전해졌으면 좋겠다. 그러면 나는 더욱 정성을 다해 시를 쓸 것이고 내게 유일한 생의 거처인 시쓰기가 생각보다 쓸쓸하지 않을 것이다.

여섯번째 시집을 묶으면서 인간의 습성이란 쉽게 변하지 않는다는 것을 알게 되었다. 이번 시집에서만큼은 밝고 새로운 목소리로 노래하고 싶었으나 그게 잘 되지 않는바, 보다 깊고 개성 있는 나만의 목소리를 내는 데 더 정성을 기울이는 게 차라리 낫겠다는 생각이 들었다.

내 시를 읽고 독자들은 조금 쓸쓸하거나 우울해질지 모르겠다. 그러나 곧 비 온 뒤의 화사한 청명을 믿으시고 예쁘게 봐주시기 바란다. 모든 이에게 축복 있으시길.

2005년 초여름
박철

창비시선 249

험준한 사랑

초판 1쇄 발행／2005년 6월 25일
초판 3쇄 발행／2016년 2월 18일

지은이／박철
펴낸이／강일우
편집／김정혜 문경미 안병률 강영규 김현숙
미술·조판／윤종윤 한충현
펴낸곳／(주)창비
등록／1986년 8월 5일 제85호
주소／10881 경기도 파주시 회동길 184
전화／031-955-3333
팩시밀리／영업 031-955-3399 · 편집 031-955-3400
홈페이지／www.changbi.com
전자우편／lit@changbi.com

ⓒ 박철 2005
ISBN 978-89-364-2249-3 03810